KEYBOARD
CHORD
SONG
BOOK

CW00495858

Wise Publications
London/New York/Sydney/Paris/Copenhagen/Madrid/Tokyo

Exclusive distributors:
Music Sales Limited
8/9 Frith Street,
London W1D 3JB, England.
Music Sales Pty Limited
120 Rothschild Avenue
Rosebery, NSW 2018,
Australia.

Order No.AM968154
ISBN 0-7119-8577-4
This book © Copyright 2000 by Wise Publications

Music arranged & engraved by Roger Day
Compiled by Nick Crispin

Cover photograph courtesy of Jive Records
Inside cover photographs coutesy of London Features International

Printed in the United Kingdom by
Printwise (Haverhill) Limited, Suffolk.

Your Guarantee of Quality
As publishers, we strive to produce every book to the highest
commercial standards. The music has been freshly engraved and
the book has been carefully designed to minimise awkward page
turns and to make playing from it a real pleasure. Particular care
has been given to specifying acid-free, neutral-sized paper made
from pulps which have not been elemental chlorine bleached. This
pulp is from farmed sustainable forests and was produced with
special regard for the environment. Throughout, the printing and
binding have been planned to ensure a sturdy, attractive
publication which should give years of enjoyment. If your copy
fails to meet our high standards, please inform us and we will
gladly replace it.

Music Sales' complete catalogue describes thousands of titles and
is available in full colour sections by subject, direct from Music
Sales Limited. Please state your areas of interest and send a
cheque/postal order for £1.50 for postage to: Music Sales Limited,
Newmarket Road, Bury St. Edmunds, Suffolk IP33 3YB.

www.musicsales.com

After The Love Has Gone

Words & Music by Mark Topham, Karl Twigg & Lance Ellington

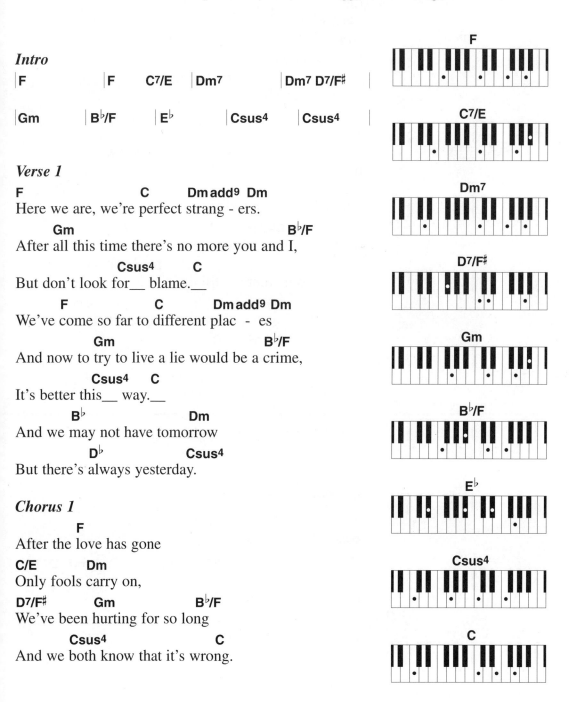

Intro

|F |F   C7/E |Dm7 |Dm7 D7/F♯ |

|Gm |B♭/F |E♭ |Csus4 |Csus4 |

Verse 1

F   C   Dmadd9 Dm
Here we are, we're perfect strang - ers.
    Gm   B♭/F
After all this time there's no more you and I,
         Csus4   C
But don't look for__ blame.__
       F   C   Dmadd9 Dm
We've come so far to different plac - es
        Gm   B♭/F
And now to try to live a lie would be a crime,
         Csus4   C
It's better this__ way.__
        B♭   Dm
And we may not have tomorrow
         D♭   Csus4
But there's always yesterday.

Chorus 1

              F
After the love has gone
C/E   Dm
Only fools carry on,
D7/F♯   Gm   B♭/F
We've been hurting for so long
        Csus4   C
And we both know that it's wrong.

more chords overleaf…

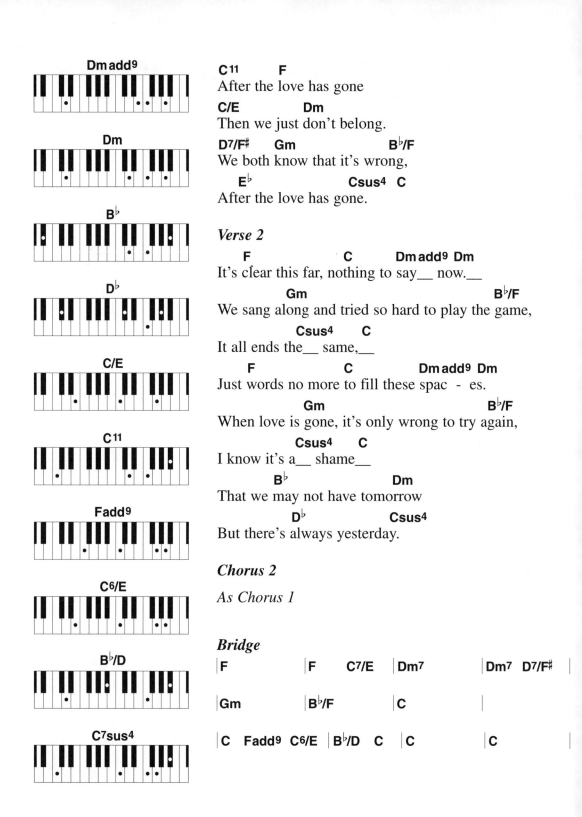

C11 **F**
After the love has gone
C/E   **Dm**
Then we just don't belong.
D7/F♯ **Gm**   **B♭/F**
We both know that it's wrong,
        E♭   **Csus4 C**
After the love has gone.

Verse 2

        F   **C**   **Dmadd9 Dm**
It's clear this far, nothing to say__ now.__
                    Gm   **B♭/F**
We sang along and tried so hard to play the game,
            Csus4   **C**
It all ends the__ same,__
        F   **C**   **Dmadd9 Dm**
Just words no more to fill these spac - es.
                    Gm   **B♭/F**
When love is gone, it's only wrong to try again,
            Csus4   **C**
I know it's a__ shame__
            B♭   **Dm**
That we may not have tomorrow
                D♭   **Csus4**
But there's always yesterday.

Chorus 2

As Chorus 1

Bridge

F		F C7/E	Dm7		Dm7 D7/F♯	
Gm		B♭/F		C		
C Fadd9 C6/E	B♭/D C	C		C	

4

Verse 3

F   C/E   Dm
Here we are, we're perfect strangers.
        Gm   B♭/F
Now to try to live a lie would be a crime,
             Csus4   C
It's better this__ way.__
        B♭   Dm
And we may not have tomorrow
            D♭   Csus4
But there's always yesterday.

Chorus 3

          F
After the love has gone
C/E   Dm
Only fools carry on,
D7/F♯   Gm   B♭/F
We've been hurting for so long
        Csus4   C
And we both know that it's wrong.
C11   F
After the love has gone
C/E   Dm
Then we just don't belong.
D7/F♯   Gm   B♭/F
We both know that it's wrong,
    E♭   Csus4 C
After the love has gone.

Outro

F	F C7/E	Dm7	Dm7 D7/F♯
Gm	B♭/F	C	C7sus4
F	F C7/E	Dm7	Dm7 D7/F♯
Gm	B♭/F	C	
C Fadd9 C6/E	B♭/D C	C	

5

Better The Devil You Know

Words & Music by Mike Stock, Matt Aitken & Pete Waterman

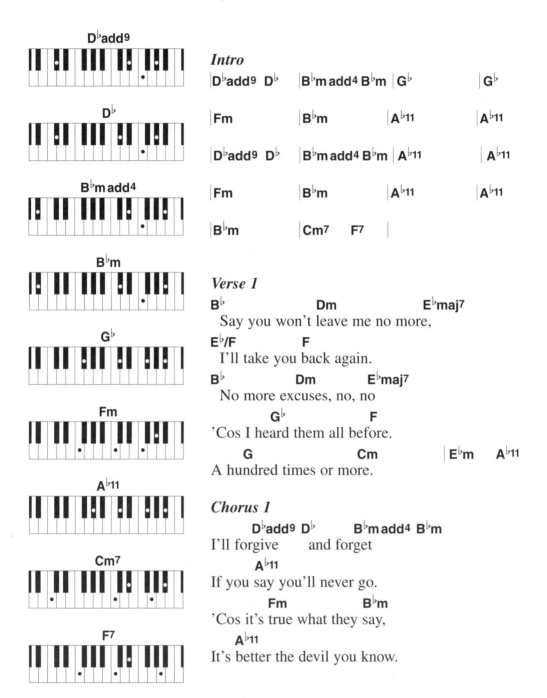

D♭add9

D♭

B♭m add4

B♭m

G♭

Fm

A♭11

Cm7

F7

Intro

| D♭add9 D♭ | B♭m add4 B♭m | G♭ | | G♭ | |

| Fm | B♭m | A♭11 | A♭11 | |

| D♭add9 D♭ | B♭m add4 B♭m | A♭11 | A♭11 | |

| Fm | B♭m | A♭11 | A♭11 | |

| B♭m | Cm7   F7 | |

Verse 1

B♭   Dm   E♭maj7
   Say you won't leave me no more,

E♭/F   F
   I'll take you back again.

B♭   Dm   E♭maj7
   No more excuses, no, no

       G♭   F
   'Cos I heard them all before.

     G   Cm | E♭m   A♭11
A hundred times or more.

Chorus 1

     D♭add9 D♭   B♭m add4 B♭m
I'll forgive   and forget

     A♭11
If you say you'll never go.

       Fm   B♭m
'Cos it's true what they say,

     A♭11
It's better the devil you know.

Link

B♭m   Cm7 F7
Oh.________

Verse 2

B♭   Dm   E♭maj7
Our love wasn't perfect I know,
E♭/F   F
I think I know the score
B♭   Dm   E♭maj7
If you say you love me, oh boy
G♭   F
I can't ask for more.
G   Cm | E♭m   A♭11
I'll come if you should call.

Chorus 2

As Chorus 1

Chorus 3

D♭add9 D♭   B♭m add4 B♭m
I'll be here   every day
A♭11
Waiting for your love to show
Fm   B♭m
Yes it's true what they say
A♭11
It's better the devil you know, oh.

Middle

G♭	A♭6 Oh.______	B♭m	B♭m7 Oh.______
G♭	A♭6 Oh.______	B♭m	F Oh.______

B♭
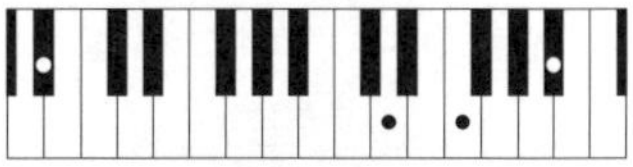

Dm
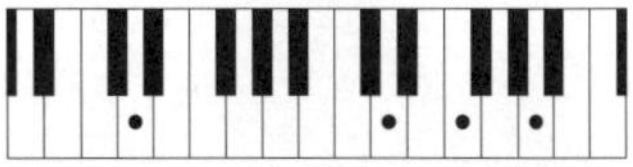

E♭maj7
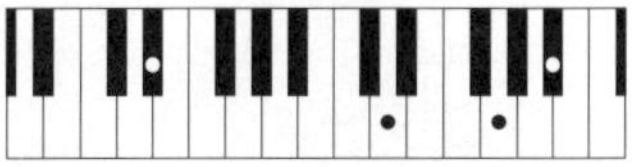

E♭/F
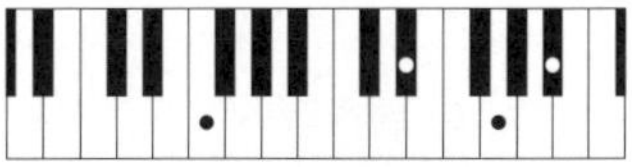

F
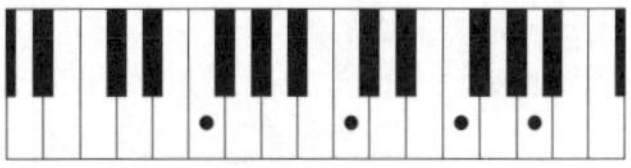

G
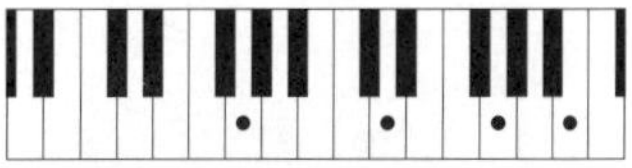

Cm

E♭m
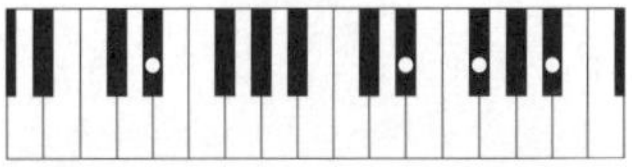

A♭6
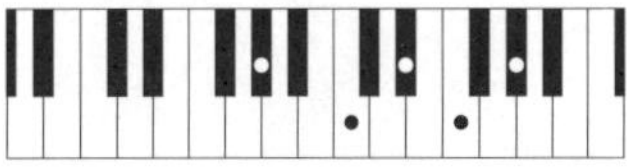

B♭m7
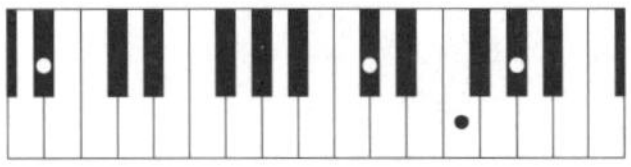

Verse 3

B♭   **Dm**   **E♭maj⁷**

  Say you won't need me no more,

E♭/F   **F**

  I'll take you back again.

B♭   **Dm**   **E♭maj⁷**

  No more excuses, no, no

               G♭   **F**

'Cos I've heard them all before.

      G   **Cm** | **E♭m**   **A♭11**

A hundred times or more.

Chorus 4

‖:   **D♭add⁹ D♭**   **B♭m add⁴ B♭m**

  I'll forgive   and forget

           A♭11

If you say you'll never go.

            Fm   **B♭m**

'Cos it's true what they say,

      A♭11

It's better the devil you know.

Chorus 5

          D♭add⁹ D♭   **B♭m add⁴ B♭m**

I'll be here   every day

         A♭11

Waiting for your love to show

           Fm   **B♭m**

'Cos it's true what they say

      A♭11   :‖   *Repeat to fade*

It's better the devil you know

Better Best Forgotten

Words & Music by Andrew Frampton & Pete Waterman

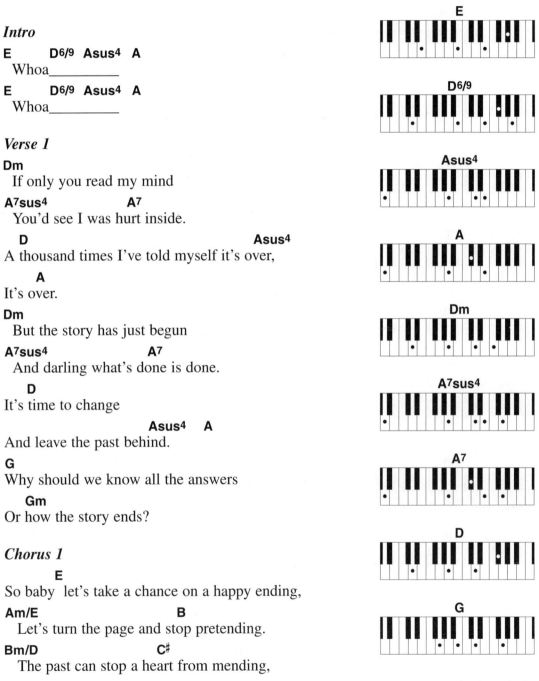

Intro

E   D6/9 Asus4 A
  Whoa_____

E   D6/9 Asus4 A
  Whoa_____

Verse 1

Dm
  If only you read my mind
A7sus4   A7
  You'd see I was hurt inside.
  D   Asus4
A thousand times I've told myself it's over,
   A
It's over.
Dm
  But the story has just begun
A7sus4   A7
  And darling what's done is done.
  D
It's time to change
              Asus4 A
And leave the past behind.
G
Why should we know all the answers
  Gm
Or how the story ends?

Chorus 1

      E
So baby let's take a chance on a happy ending,
Am/E   B
  Let's turn the page and stop pretending.
Bm/D   C#
  The past can stop a heart from mending,

more chords overleaf...

9

F#m7   **E/G#**   **A6**
 It's time to let go 'cos baby you know
                              Am
Some things are   better best forgotten.

Bridge 1

E   **D6/9** **Asus4**   **A**
 Whoa_____

Verse 2

Dm
 And baby we can't pretend
A7sus4   **A7**
 In time the scars will mend.
D
Please believe me, there's a chance,
              Asus4   **A**
Let's take it, let's take it.
Dm
 And maybe at last we'll find
A7sus4   **A7**
 That love should be true, not blind,
        D
You can't deceive a heart
                      Asus4   **A**
That's open wide.
        G
And even now it's not too late
        Gm
To change the story's end.

Chorus 2

                E
So baby let's take a chance on a happy ending,
Am/E   **B**
 Let's turn the page and stop pretending.
Bm/D   **C#**
 The past can stop a heart from mending,
F#m7   **E/G#**   **A6**
 It's time to let go 'cos baby you know
                      Am   **E**
Some things are   better best forgotten.

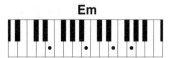

Em

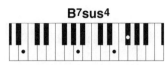

B⁷sus⁴

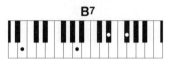

B⁷

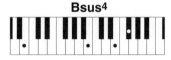

Bsus⁴

Bridge 2

     D6/9 Asus⁴ A

Whoa_____

E   **D6/9 Asus⁴ A**

  Whoa_____

Middle

Em

  The story has just begun

B⁷sus⁴   **B⁷**

  And darling what's done is done.

   E

It's time to change

                   Bsus⁴ **B**

And leave the past behind.

Chorus 3

E

  Let's take a chance on a happy ending,

Am/E   **B**

  Let's turn the page and stop pretending.

Bm/D   **C♯**

  The past can stop a heart from mending,

F♯m⁷   **E/G♯**   **A⁶**

  It's time to let go 'cos baby you know

             Am   **E**

Some things are   better best forgotten.

Chorus 4

Let's take a chance on a happy ending,

Am/E   **B**

  Let's turn the page and stop pretending.

Bm/D   **C♯**

  The past can stop a heart from mending,

F♯m⁷   **E/G♯**   **A⁶**

  It's time to let go 'cos baby you know

             Am   *To fade*

Some things are…

Deeper Shade Of Blue

Words & Music by Mark Topham & Karl Twigg

Cm

Fm

B♭

E♭

A♭

D♭

G7

C5

G5

Intro

      Cm   **Fm**   **B♭**
Yeah I'm a deeper shade of blue
              E♭   **A♭**
And there's nothing I can do,
         D♭   **G7**
You're so far, far away.

You're so far away.

Link 1

|C5   G5 |A♭5 |C5   G5 |A♭5   B♭5|

|C5   G5 |A♭5 |C5   G5 |A♭5 G5 F5 E♭5|

Verse 1

Cm   **Cm maj7**
  Into each life some rain must fall
Cm7   **F7/C**
  I didn't know I would catch it all.
          A♭   **E♭/G**
The clear skies have gone and you with them too
Fm7   **G**   **G7/B**
  It's not the same now without you.
Cm   **Cm maj7**
  I used to say you're so beautiful,
Cm7   **F7/C**
  But it didn't change a thing at all.
          A♭   **E♭/G**
There's nowhere to run, got nowhere to hide,
Fm7   **G**   **G7/B**
  I can't forget you and I've tried.

Chorus 1

     Cm   **Fm**   **B♭**
But I'm a deeper shade of blue
           E♭   **A♭**
And there's nothing I can do
           D♭   **G**   **G7/B**
You're so far, far away.
     Cm   **Fm**   **B♭**
Yeah, I'm a darker shade of me
  E♭   **A♭**
And I just can't be free,
          D♭   **G**
You're so far, far away,
       G/B
You're so far away.

Link 2

|C5   G5 |A♭5 |C5   G5 |A♭5   B♭5 |

|C5   G5 |A♭5 |C5   G5 |A♭5 G5 F5 E♭5|

Verse 2

Cm   **Cm maj7**
  Into each life some sun must shine,
Cm7   **F7/C**
  Well, someone else must be getting mine.
      A♭   **E♭/G**
The days are so empty, nights are so long,
Fm7   **G**   **G7/B**
  Awaking to find again that you've gone.
Cm   **Cm maj7**
  I used to say you were wonderful,
Cm7   **F7/C**
  Now I just wonder where you are.
      A♭   **E♭/G**
It's easy to say, memories fade,
Fm7   **G**   **G7/B**
  But I'm still missing you, nothing's changed.

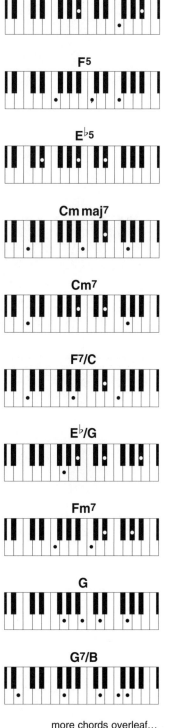

A♭5

B♭5

F5

E♭5

Cm maj7

Cm7

F7/C

E♭/G

Fm7

G

G7/B

more chords overleaf...

13

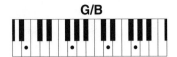

G/B

Chorus 2

  Cm **Fm**   **B**♭
But I'm a deeper shade of blue
     E♭   **A**♭
And there's nothing I can do
     D♭ **G** **G7/B**
You're so far, far away.
    Cm **Fm**   **B**♭
Yeah, I'm a darker shade of me
   E♭   **A**♭
And I just can't be free,
     D♭ **G**
You're so far, far away,
    G/B
You're so far away.

Link 3

|C5 G5 |A♭5 |C5 G5 |A♭5   B♭5|

|C5 G5 |A♭5 |C5 G5 |A♭5 G5 F5 E♭5|

Bridge

E♭   **B**♭
 Summer is over
   Fm   **Cm7**
And all we are is apart,
A♭   **E**♭
 The nights are so cold now
   D♭   **G7**
Without you in my heart.

Chorus 3

      Cm   **Fm**   **B♭**
'Cause I'm a deeper shade of blue
          E♭   **A♭**
And there's nothing I can do
         D♭   **G**   **G7/B**
You're so far, far away.
     Cm   **Fm**   **B♭**
Yeah, I'm a darker shade of me
    E♭   **A♭**
And I just can't be free,
       D♭   **G**
You're so far, far away, oh…

Outro - ad lib.

‖: **Cm** |**Fm7** |**B♭** |**E♭** |

|**A♭** |**D♭** |**G** |**G**   **G7/B** |

|**Cm** |**Fm7** |**B♭** |**E♭** |

                               Repeat to fade
|**A♭** |**D♭** |**G** |**G**   :‖

5, 6, 7, 8

Words & Music by Barry Upton & Stephen Crosby

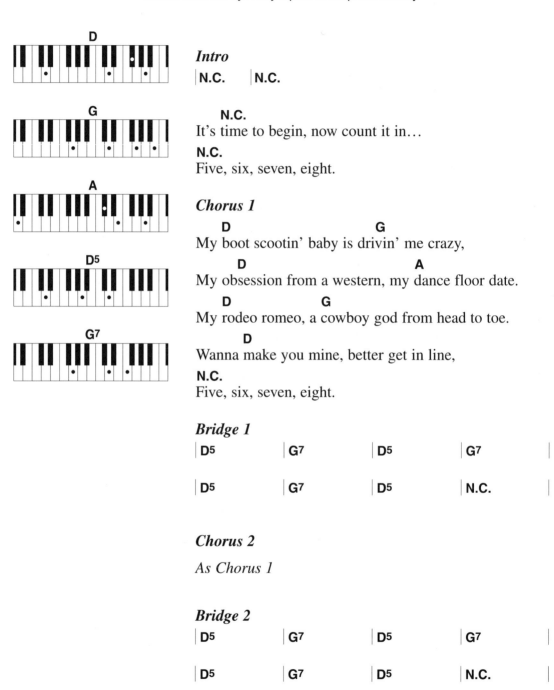

D

G

A

D5

G7

Intro

| N.C. | N.C.

   N.C.
It's time to begin, now count it in…
N.C.
Five, six, seven, eight.

Chorus 1

       D   G
My boot scootin' baby is drivin' me crazy,
       D   A
My obsession from a western, my dance floor date.
       D   G
My rodeo romeo, a cowboy god from head to toe.
                   D
Wanna make you mine, better get in line,
N.C.
Five, six, seven, eight.

Bridge 1

| D5 | G7 | D5 | G7 |

| D5 | G7 | D5 | N.C. |

Chorus 2

As Chorus 1

Bridge 2

| D5 | G7 | D5 | G7 |

| D5 | G7 | D5 | N.C. |

Verse 1

D
Foot kickin', finger clickin',

G
Leather slappin', hand clappin',

D
Hip bumpin', music thumpin',

A
Knee hitchin' heel and toe.

D
Floor scuffin' leg shufflin',

G
Big grinnin', body spinnin',

D
Rompin', stompin', pumpin', jumpin',

N.C.
Slidin', glidin', here we go.

Chorus 3

    D   **G**
My boot scootin' baby is drivin' me crazy,

     D   **A**
My obsession from a western, my dance floor date.

     D   **G**
My rodeo romeo, a cowboy god from head to toe.

      D
Wanna make you mine, better get in line,

N.C.
Five, six, seven, eight.

Bridge 3

D5	**G7**	**D5**	**G7**	
D5	**G7**	**D5**	**N.C.**	

Verse 2

D
Tush pushin', thunder footin',

G
Cowgirl twistin', no resistin',

D
Drums bangin', steel twangin',

A
Two steppin', end to end.

D
Hardwood crawlin', some four wallin',

G
Rug cuttin', cowboy struttin',

D
Burnin', yearnin', winding, grinding,

N.C.
Let's begin the dance again.

Bridge 4

| **D5** | **G7** | **D5** | **G7** | |

| **D5** | **G7** | **D5** | **N.C.** | |

Link

D   **G**   **D**   **A**
Yeah!   You're mine, all mine now, bubba.

D   **G**   **D**
                 Gonna rope you in, so count me in.

N.C.
Five, six, seven, eight.

Chorus 4

        D   **G**
My boot scootin' baby is drivin' me crazy,

          D   **A**
My obsession from a western, my dance floor date.

          D   **G**
My rodeo romeo, a cowboy god from head to toe.

    D
Wanna make you mine, better get in line,
N.C.
Five, six, seven, eight.

Bridge 5

| **D5** | | **G7** | | **D5** | | **G7** | | |
| **D5** | | **G7** | | **D5** | | **N.C.** | | |

Chorus 5

    D   **G**
My boot scootin' baby is drivin' me crazy,
    D   **A**
My obsession from a western, my dance floor date.
    D   **G**
My rodeo romeo, a cowboy god from head to toe.
      D
Wanna make you mine, better get in line,
N.C.
Five, six, seven, eight.

Chorus 6

    D   **G**
My boot scootin' baby is drivin' me crazy,
    D   **A**
My obsession from a western, my dance floor date.
    D   **G**
My rodeo romeo, a cowboy god from head to toe.
      D
Wanna make you mine, better get in line,
N.C.
Five, six, seven, eight.

Last Thing On My Mind

Words & Music by Mike Stock, Pete Waterman, Keren Woodward & Sarah Dallin

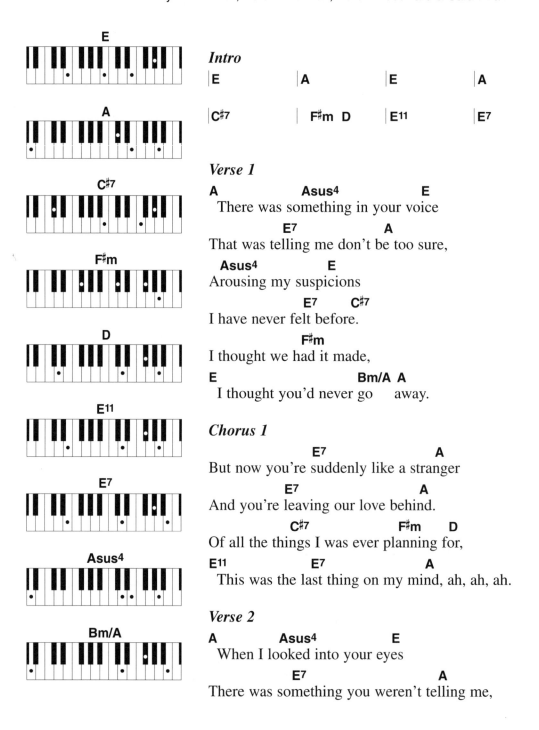

E

A

C#7

F#m

D

E11

E7

Asus4

Bm/A

Intro

| E | | A | | E | | A | |

| C#7 | | F#m D | | E11 | | E7 | |

Verse 1

A   Asus4   E
 There was something in your voice
       E7   A
That was telling me don't be too sure,
 Asus4   E
Arousing my suspicions
      E7 C#7
I have never felt before.
        F#m
I thought we had it made,
A   Bm/A A
 I thought you'd never go away.

Chorus 1

       E7   A
But now you're suddenly like a stranger
      E7   A
And you're leaving our love behind.
      C#7   F#m D
Of all the things I was ever planning for,
E11   E7   A
 This was the last thing on my mind, ah, ah, ah.

Verse 2

A   Asus4   E
 When I looked into your eyes
       E7   A
There was something you weren't telling me,

Asus⁴   **E**
But in my confusion
E⁷   **C♯7**
I just couldn't see
         F♯m
If there was any doubt,
E   **Bm/A** **A**
  I thought that we would work it out.

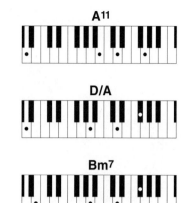

A¹¹

D/A

Bm⁷

Chorus 2

          E⁷   **A**
But now you're suddenly like a stranger
      E⁷   **A**
And you're leaving our love behind.
      C♯7   **F♯m**   **D**
Of all the things I was ever planning for,
E¹¹   **E⁷**   **A¹¹** |**D/A** |**A** |**A** |
  This was the last thing on my mind.

Link

|**A¹¹** |**D/A** |**A** |**A** |

|**A¹¹** |**D/A** |**Bm⁷** |**E⁷** |

Verse 3

A   **Asus⁴**   **E**
  There was something in your voice
        E⁷   **A**
That was telling me don't be too sure,
  Asus⁴   **E**
Arousing my suspicions
        E⁷   **C♯7**
I have never felt before.
         F♯m
I thought we had it made,
E   **Bm/A** **A**
  I thought you'd never go away.

Chorus 3

              E7   **A**
But now you're suddenly like a stranger
          E7   **A**
And you're leaving our love behind.
            C#7   **F#m**   **D**
Of all the things I was ever planning for,
E11   **E7**   **A**
  This was the last thing on my mind.

Ah, ah, ah, ah.

Chorus 4

              E7   **A**
But now you're suddenly like a stranger
          E7   **A**
And you're leaving our love behind.
            C#7   **F#m**   **D**
Of all the things I was ever planning for,
E11   **E7**   **A**
  This was the last thing on my mind

Heartbeat

Words & Music by Jackie James

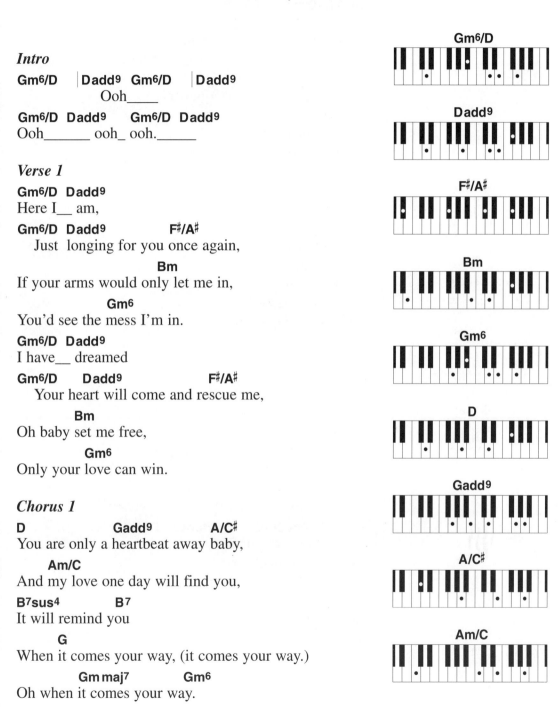

Gm6/D

Dadd9

F#/A#

Bm

Gm6

D

Gadd9

A/C#

Am/C

Intro

Gm6/D |Dadd9 Gm6/D |Dadd9
        Ooh____

Gm6/D Dadd9   Gm6/D Dadd9
Ooh_____ ooh_ ooh._____

Verse 1

Gm6/D Dadd9
Here I__ am,

Gm6/D Dadd9   F#/A#
  Just longing for you once again,

          Bm
If your arms would only let me in,

       Gm6
You'd see the mess I'm in.

Gm6/D Dadd9
I have__ dreamed

Gm6/D   Dadd9   F#/A#
  Your heart will come and rescue me,

     Bm
Oh baby set me free,

      Gm6
Only your love can win.

Chorus 1

D   Gadd9   A/C#
You are only a heartbeat away baby,

   Am/C
And my love one day will find you,

B7sus4   B7
It will remind you

   G
When it comes your way, (it comes your way.)

   Gm maj7   Gm6
Oh when it comes your way.

more chords overleaf…

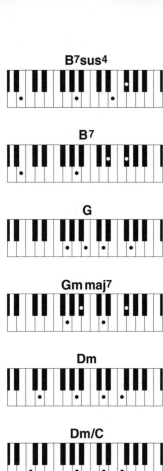

B⁷sus⁴

B⁷

G

Gm maj⁷

Dm

Dm/C

B♭maj⁷

B♭6

D♯m

D♯m/C♯

B

Verse 2

Gm6/D **Dadd9**
Here I__ am,

Gm6/D **Dadd9**   **F♯/A♯**
  My heart in the palm of your hand,

                            Bm
Your every wish is my command.

        Gm6
Darling understand,

    Gm6/D **Dadd9**
If I live a lie

Gm6/D   **Dadd9**
  Then all__ my dreams

        F♯/A♯
Are doomed to die,

                Bm
Oh baby just let me try

                Gm6
To have my heart's desire.

Chorus 2

As Chorus 1

Middle

Dm   **Dm/C**   **B♭maj⁷ B♭6**
Ooh, but my feelings are in vain.

Dm   **Dm/C**   **B♭maj⁷**
Ooh, just like feelings, they won't go away.

D♯m   **D♯m/C♯ B**   **Badd9 B13(♯11)**
  My love__ re - mains,

D♯m   **D♯m/C♯**   **B**
  In my heart__ we'll always stay.

Chorus 3

As Chorus 1

Chorus 4

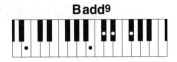

Badd9

D   **Gadd9**   **A/C♯**
  You're always in my heart to stay, baby

Am/C
Love comes once in a lifetime.

B7sus4   **B7**   **G**
I think it's high time our hearts beat as one,

(Hearts beat as one.)

      Gm maj7   **Gm6**
Our hearts beat as one.

              D
(They beat as one.)

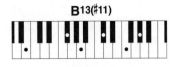

B13(♯11)

Love's Got A Hold On My Heart

Words & Music by Andrew Frampton & Pete Waterman

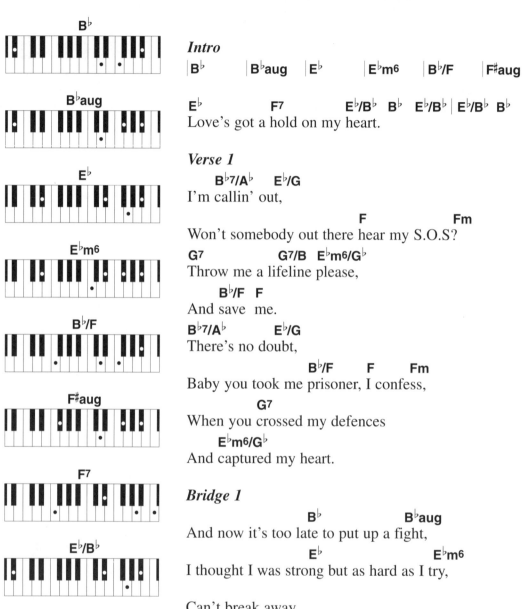

Intro

| B♭ | B♭aug | E♭ | E♭m6 | B♭/F | F#aug |

E♭   F7   E♭/B♭   B♭   E♭/B♭ | E♭/B♭   B♭ |

Love's got a hold on my heart.

Verse 1

    B♭7/A♭   E♭/G

I'm callin' out,

                         F   Fm

Won't somebody out there hear my S.O.S?

G7   G7/B   E♭m6/G♭

Throw me a lifeline please,

    B♭/F   F

And save me.

B♭7/A♭   E♭/G

There's no doubt,

              B♭/F   F   Fm

Baby you took me prisoner, I confess,

           G7

When you crossed my defences

   E♭m6/G♭

And captured my heart.

Bridge 1

           B♭   B♭aug

And now it's too late to put up a fight,

          E♭   E♭m6

I thought I was strong but as hard as I try,

Can't break away.

Chorus 1

B♭/F
Darling, there's no way out,

  F♯aug
Nothing can help me now,

E♭   **F**   **B♭**
Love's got a hold on my heart.

(Heart, my heart, my heart.)

E♭   **F7/B♭ B♭ F/B♭**
(Love's got a hold on my…)

Verse 2

      B♭7/A♭ E♭/G
There's no escape,

         F   **Fm**
Now I'm like a damsel in distress,

G7   **G7/B E♭m6/G♭ B♭/F F**
Trapped in this fairy   tale for-e - ver

    B♭7/A♭ E♭/G
And no mistake.

It's tragic

         B♭/F   **F**   **Fm**
But I'll have to face the truth, I guess,

G7
Live evermore

  E♭m6/G♭
Resigned to my fate.

Bridge 2

       B♭   **B♭aug**
'Cos now it's too late to put up a fight,

        E♭   **E♭m6**
I thought I was strong, but try as I might,

Can't break away.

E♭/G

F

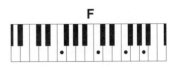

Fm

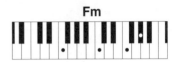

G7

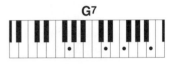

G7/B

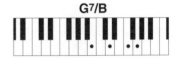

E♭m6/G♭

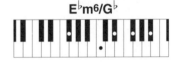

F7/B♭

F/B♭

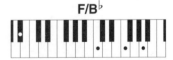

Gsus4

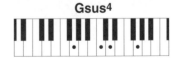

G/B

E♭m6/C

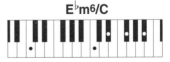

more chords overleaf…

Chorus 2

B♭/F
Darling, there's no way out,

  F♯aug
Nothing can help me now,

E♭   **F**   **B♭/F**
Love's got a hold on my heart,

F♯aug
  Yeah, yeah.

E♭   **F**   **B♭**   **B♭7/A♭**
Love's got a hold on my heart.___

Gsus4 **G/B**   **E♭m6/C**
  Hold on my heart,

E♭m6/G♭   **B♭/F**
  Hold on my heart.

(Love's got a hold on my…)
                F7sus4   **F7**
It's got a hold on my heart.

Link

B♭7/A♭	**E♭/G**	**E♭/G**	**B♭/F**	**F**
Fm	**G7** **G7/B**	**E♭m6/G♭**	**E♭m6/G♭**	

Bridge 3

          B♭   **B♭aug**
And now it's too late to put up a fight,

       E♭   **E♭m6**
I thought I was strong, but try as I might,

Can't break away.

Chorus 3

B♭/F
Darling, there's no way out,

  F♯aug
Nothing can help me now,

E♭   **F**   **B♭** **B♭aug** **E♭**
Love's got a hold on my heart.___

E♭m6
Can't break away

Outro

B♭/F
Darlin' there's no way out,

  F♯aug
Nothing can help me now,

E♭   **F**   **B♭/F** **F♯aug**
Love's got a hold on my heart,   ooh,

E♭   **F**   **B♭**
Love's got a hold on my heart.

One For Sorrow

Words & Music by Mark Topham, Karl Twigg & Lance Ellington

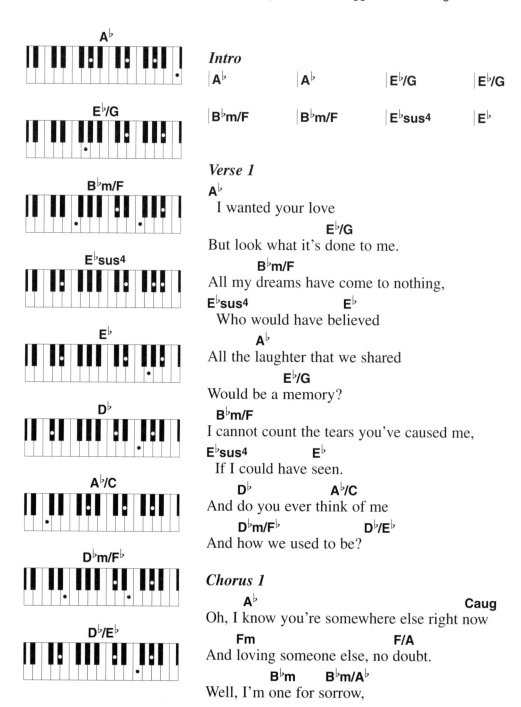

A♭

E♭/G

B♭m/F

E♭sus⁴

E♭

D♭

A♭/C

D♭m/F♭

D♭/E♭

Intro

|A♭ |A♭ |E♭/G |E♭/G |

|B♭m/F |B♭m/F |E♭sus⁴ |E♭ |

Verse 1

A♭
  I wanted your love
          E♭/G
But look what it's done to me.
       B♭m/F
All my dreams have come to nothing,
E♭sus⁴   **E♭**
  Who would have believed
          A♭
All the laughter that we shared
         E♭/G
Would be a memory?
   B♭m/F
I cannot count the tears you've caused me,
E♭sus⁴   **E♭**
  If I could have seen.
      D♭   **A♭/C**
And do you ever think of me
      D♭m/F♭   **D♭/E♭**
And how we used to be?

Chorus 1

     A♭   **Caug**
Oh, I know you're somewhere else right now
     Fm   **F/A**
And loving someone else, no doubt.
        B♭m   **B♭m/A♭**
Well, I'm one for sorrow,

E♭7
Ain't it too, too bad?

      A♭   **Caug**
Are you breaking someone else's heart?

        Fm   **F/A**
Cos you're taking my love where you are.

      B♭m   **B♭m/A♭**
Well, I'm one for sorrow,

      E♭7   **A♭** | **A♭**
Ain't it too, too bad about us?

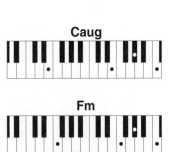

Verse 2

A♭
  I wanted your love

        E♭/G
But I got uncertainty.

  B♭m/F
I tried so hard to understand you

E♭sus4   **E♭**
  All the good it did me.

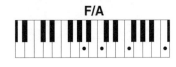

       A♭
Now the places that we knew

        E♭/G
Remind me of how we were.

B♭m/F
Everything is just the same

E♭sus4   **E♭**
  But all I feel is hurt.

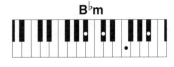

    D♭   **A♭/C**
And do you ever think of me

    D♭m/F♭   **D♭/E♭**
And how we used to be?

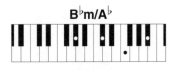

Chorus 2

     A♭   **Caug**
Oh, I know you're somewhere else right now

   Fm   **F/A**
And loving someone else, no doubt.

      B♭m   **B♭m/A♭**
Well, I'm one for sorrow,

      E♭7
Ain't it too, too bad?

more chords overleaf…

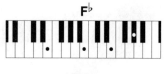

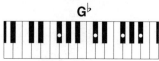

          A♭   **Caug**
Are you breaking someone else's heart?
              Fm   **F/A**
Cos you're taking my love where you are.
          B♭m   **B♭m/A♭**
Well, I'm one for sorrow,
             E♭7   **F♭**   **|G♭**
Ain't it too, too bad about love?
|A♭   **|A♭**

|F♭   **|G♭**   **|A♭**   **|A♭**   **|**

|F♭   **|G♭**   **|E♭sus4**   **|E♭**   **|**

Chorus 3

‖:   **A♭**   **Caug**
   Oh, I know you're somewhere else right now
    Fm   **F/A**
And loving someone else, no doubt.
       B♭m   **B♭m/A♭**
Well, I'm one for sorrow,
       E♭7
Ain't it too, too bad?
      A♭   **Caug**
Are you breaking someone else's heart?
             Fm   **F/A**
Cos you're taking my love where you are.
       B♭m   **B♭m/A♭**
Well, I'm one for sorrow,
       E♭7   **A♭**   **:‖** *Repeat to fade*
Ain't it too, too bad about us?

Say You'll Be Mine

Words & Music by Andrew Frampton & Pete Waterman

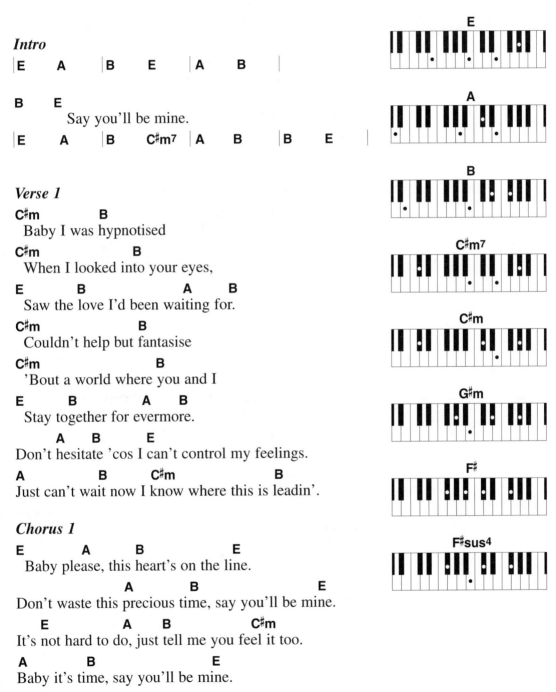

E

A

B

C♯m7

C♯m

G♯m

F♯

F♯sus4

Intro

| E | A | B | E | A | B | |

B   E
      Say you'll be mine.
| E | A | B   C♯m7 | A | B | B | E | |

Verse 1

C♯m   B
   Baby I was hypnotised
C♯m   B
   When I looked into your eyes,
E   B   A   B
   Saw the love I'd been waiting for.
C♯m   B
   Couldn't help but fantasise
C♯m   B
   'Bout a world where you and I
E   B   A   B
   Stay together for evermore.
      A   B   E
Don't hesitate 'cos I can't control my feelings.
A   B   C♯m   B
Just can't wait now I know where this is leadin'.

Chorus 1

E   A   B   E
   Baby please, this heart's on the line.
          A   B   E
Don't waste this precious time, say you'll be mine.
     E   A   B   C♯m
It's not hard to do, just tell me you feel it too.
A   B   E
Baby it's time, say you'll be mine.

more chords overleaf…

Verse 2

C♯m   **B**
  Took a spark to start the fire,

C♯m   **B**
  Fan the flame of my desire,

E   **B**   **A** **B**
  Turn the light on my destiny.

C♯m   **B**
  And it took me by surprise,

C♯m   **B**
  All the love I felt inside,

E   **B**   **A**   **B**
  Now I know it was meant to be.

   A   **B**   **E**
Yet step by step, I can feel how close we're gettin',

A   **B**   **C♯m**   **B**
Can't stop yet 'cos I know where this is headin'.

Chorus 2

E   **A**   **B**   **E**
  Baby please, this heart's on the line.

           A   **B**   **E**
Don't waste this precious time, say you'll be mine.

  E   **A** **B**   **C♯m**
It's not hard to do, just tell me you feel it too.

A   **B**   **E**
Baby it's time, say you'll be mine.

A   **B**   **E**
Baby it's time, say you'll be mine.

Middle

G♯m F♯
  Say it,

B   **E**
  All ya gotta do is say it,

B   **F♯**   **G♯m** **F♯sus4** **F♯**
  You're the one I've been waitin' for._____

G♯m F♯
  Say it,

B   **E**   **B**   **F♯** |**A**   **E** **B**|
  All ya gotta do is say it.

Chorus 3

E   A   B   E
Baby please, this heart's on the line.
                    A   B   E
Don't waste this precious time, say you'll be mine.
    E   A   B   C#m
It's not hard to do, just tell me you feel it too.
A   B   E
Baby it's time, say you'll be mine.

Chorus 4

E   A B   E
 Say,   say you'll be mine,
E   A B   E
 Say,   say you'll be mine,
E   C#m
 Say,   say you'll be mine,
A   B   E
 Baby, it's time, say you'll be mine.

Chorus 5

As Chorus 3

Outro

A   B   E
Baby it's time, say you'll be mine.

Stomp

Words & Music by Mark Topham, Karl Twigg & Rita Campbell

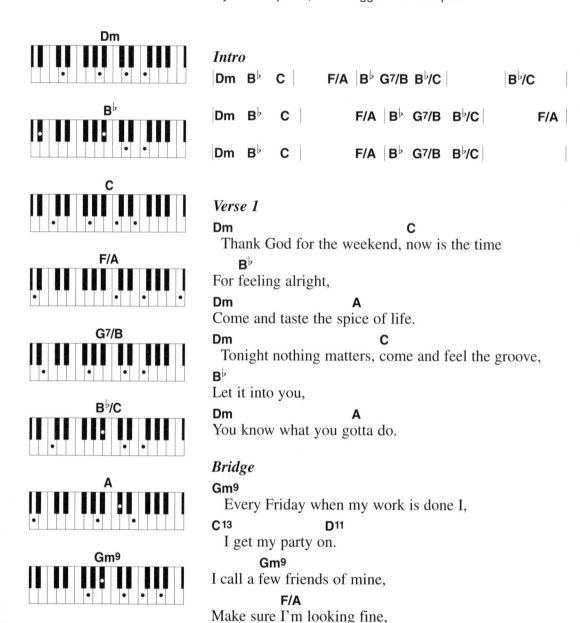

Dm

B♭

C

F/A

G⁷/B

B♭/C

A

Gm⁹

C¹³

Intro

|Dm B♭ C | F/A |B♭ G7/B B♭/C| |B♭/C |

|Dm B♭ C | F/A |B♭ G7/B B♭/C| F/A |

|Dm B♭ C | F/A |B♭ G7/B B♭/C| |

Verse 1

Dm   C
  Thank God for the weekend, now is the time
        B♭
For feeling alright,
Dm   A
Come and taste the spice of life.
Dm   C
  Tonight nothing matters, come and feel the groove,
B♭
Let it into you,
Dm   A
You know what you gotta do.

Bridge

Gm⁹
   Every Friday when my work is done I,
C¹³   D¹¹
   I get my party on.
              Gm⁹
I call a few friends of mine,
              F/A
Make sure I'm looking fine,
B♭   A7(♯9)
I know we're gonna have a real good time, yeah.

Chorus 1

Dm **B♭** **C** **F/A** **B♭**
  Everybody clap your hands, get on up and dance,

G7/B **B♭/C**
  We're gonna stomp all night now!

Dm **B♭** **C** **F/A** **B♭**
  Everybody move your feet, get up and feel the beat,

G7/B **B♭/C**
  We're gonna stomp all night now!

Verse 2

Dm **C**
  All I need is the music to get me high,

B♭
Feeling so alive,

Dm **A**
Leaving all my cares behind.

Dm **C**
  Keep doing your own thing, and I'll be doing mine,

B♭
Dancing through the night,

Dm **A**
This is where I feel alright.

Bridge 2

As Bridge 1

Chorus 2

As Chorus 1

Middle

B♭maj7 **E♭maj7**
  Thank God for the weekend,   now is the time,

A♭maj7 **Gm7** **G7/B** **B♭/C**
  All I need is the music to get me high.

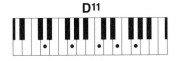
D11

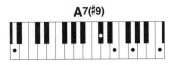
A7(♯9)

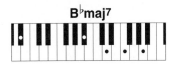
B♭maj7

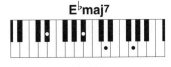
E♭maj7

A♭maj7

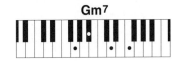
Gm7

Link

|Dm B♭   C | F/A |B♭ G7/B B♭/C | |

Dm   B♭   C   F/A B♭   G7/B
 Everybody, everybody,   we're gonna,
    B♭/C
We're gonna stomp all night now.

Chorus 3

Dm   B♭   C   F/A   B♭
 Everybody clap your hands, get on up and dance,
G7/B   B♭/C
 We're gonna stomp all night now.
    Dm B♭   C   F/A   B♭
Everybody, we're gonna stomp all night at the party,
G7/B B♭/C   F/A
 And it feels all right.
  Dm   B♭   C   F/A
Oh, oh, oh
  B♭   G7/B
Oh, oh, oh
    B♭/C Dm   *To fade*
We're gonna stomp all night at the party.

When I Said Goodbye

Words & Music by Mark Topham & Karl Twigg

Verse 1

      A
I said too much,

G   **D**   **G/D**
  Went way too far.

D   **A**
  It's only now,

G   **D**   **G/D**
  Now we're apart

D   **Em D/F♯ G**
  That I   can see I was wrong

         Gm
And you're where I belong.

    D   **E7**
So please don't make me cry.

          G
I know you don't believe it,

         G/A
But I really didn't mean it

          G   **D/F♯** |**F** **C/E** |
When I said goodbye.

|**G**   **D/F♯** |**F** **C/E** |**E♭** |

G/A   **D**
  When I said goodbye.

Verse 2

      A
I was a fool,

G   **D**   **G/D**
  Now I'm alone.

D   **A**
  Would you have stayed,

G   **D**   **G/D**
  Stayed if you had known

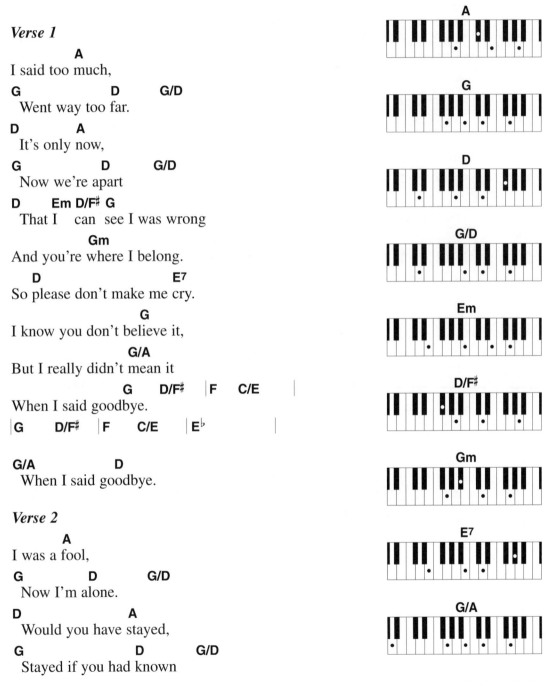

A

G

D

G/D

Em

D/F♯

Gm

E7

G/A

more chords overleaf…

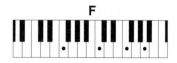
F

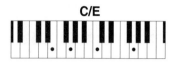
C/E

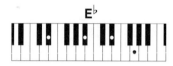
E♭

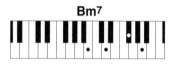
Bm7

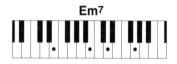
Em7

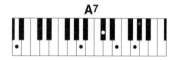
A7

D   Em D/F♯ G
  That eve-ry   thought is of you?

         Gm
Hurt is all I can do

        D   E7
Without you in my life.

                  G
I know you don't believe it,

               G/A
But I really didn't mean it

            Bm7   A
When I said goodbye.

Middle

G
  I can't bear to watch you fly,

Bm7   A   G
  I need you in my life.

          Bm7 A
Don't say good-bye,

G
  Let's give love another try.

Em7
Used to be that you and me

     D/F♯
Was all we'd need to know.

 G
I can't believe you're leaving

      G/A   A7
And I can't live my life alone.__

Verse 3

          A
We've changed so much

 G   D   G/D
And still love remains.

D   A
  Let's work it out,

        G   D   G/D
There's no need to turn the page.

D   Em D/F♯ G
  Your love is   everything,

         Gm
Don't let go, we can win

 D   **E7**
If we would only try.

                  G
I know you don't believe it,

             G/A
But I really didn't mean it

              G D/F♯ F C/E
When I said goodbye._____

      G D/F♯ F C/E
Goodbye._____

E♭ |**G/A**   **D**
       When I said goodbye.

Summer Of Love

Words & Music by Mark Topham & Karl Twigg

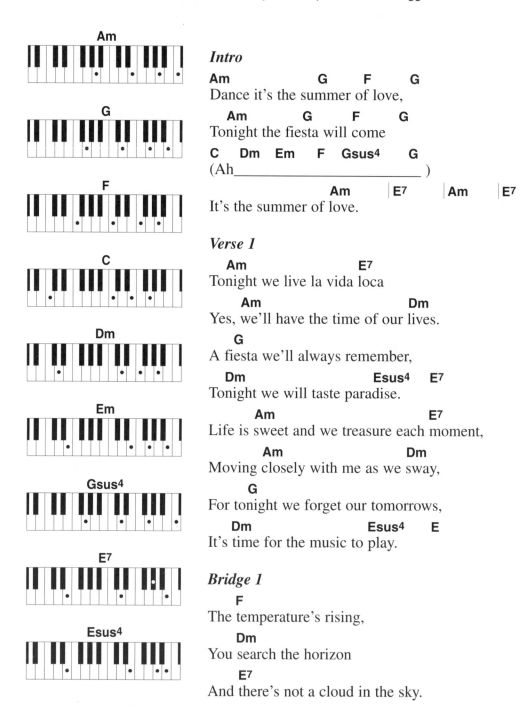

Am

G

F

C

Dm

Em

Gsus4

E7

Esus4

Intro

Am   G   F   G
Dance it's the summer of love,

   Am   G   F   G
Tonight the fiesta will come

C   Dm Em   F Gsus4   G
(Ah_____)

                          Am |E7 |Am |E7
It's the summer of love.

Verse 1

   Am   E7
Tonight we live la vida loca

   Am   Dm
Yes, we'll have the time of our lives.

   G
A fiesta we'll always remember,

Dm   Esus4   E7
Tonight we will taste paradise.

       Am   E7
Life is sweet and we treasure each moment,

       Am   Dm
Moving closely with me as we sway,

     G
For tonight we forget our tomorrows,

   Dm   Esus4   E
It's time for the music to play.

Bridge 1

   F
The temperature's rising,

    Dm
You search the horizon

    E7
And there's not a cloud in the sky.

Chorus 1

   Am   G   F   G
So dance it's the summer of love,

   Am   G   F   G
Tonight the fiesta will come

     C   Dm   Em   F
One hundred degrees in the shade of the trees

         Gsus4   G
One more time.

   Am   G   F   G
Tonight is the night of our lives

    Am   G   F   G
De fruta la vida, that's right

     C   Dm   Em   F
One hundred degrees and we turn up the heat

       E7
One more time

                Am | E7
For the summer of love.

  Am | E7
Oh,_____

Oh._____

Verse 2

   Am   E7
Tonight is when friends become lovers

    Am   Dm
And people are lost in their dreams

  G
Tomorrow the spell may be broken,

  Dm   Esus4   E7
So celebrate love and be free.

   Am   E7
The rhythm of life beats within you,

   Am   Dm
Don't try and resist any calls,

   G
Move closer to me, feel the music,

   Dm   Esus4   E
Now nothing else matters at all.

Bridge 2

F
The temperature's rising,

Dm
You search the horizon

E7
And there's not a cloud in the sky.

Chorus 2

  Am   **G**   **F**   **G**
So dance it's the summer of love,

  Am   **G**   **F**   **G**
Tonight the fiesta will come

      C   **Dm**   **Em**   **F**
One hundred degrees in the shade of the trees

        Gsus4   **G**
One more time.

  Am   **G**   **F**   **G**
Tonight is the night of our lives

    Am   **G**   **F**   **G**
De fruta la vida, that's right,

      C   **Dm**   **Em**   **F**
One hundred degrees and we turn up the heat

     E7
One more time

           Am
For the summer of love.

Middle

        G   **F**
Now dance in the moonlight

  Am   **G**   **F**
And I see the love in your eyes,

Am   **G**   **F**
Look to the stars, make a wish,

         Dm
Don't try to resist,

Esus4   **E7**
  It's the summer of love.

Bridge

|Am   G |F   G |Am   G |F   G |
Ah,_____

|C   Dm |Em   F |Gsus4 |G |
Ah._____

Chorus 3

  Am   G   F   G
Tonight is the night of our lives
  Am   G   F G
De fruta la vida, that's right,
    C   Dm   Em   F
One hundred degrees and we turn up the heat
     E7
One more time
            Am |E7
For the summer of love.

Outro

|Am |E7 |Am |E7 |

|Am |E7 |Am |E7 |
        Oh,____   oh,___
|Am |E7 |Am ||
      oh.____

Tragedy

Words & Music by Barry Gibb, Maurice Gibb & Robin Gibb

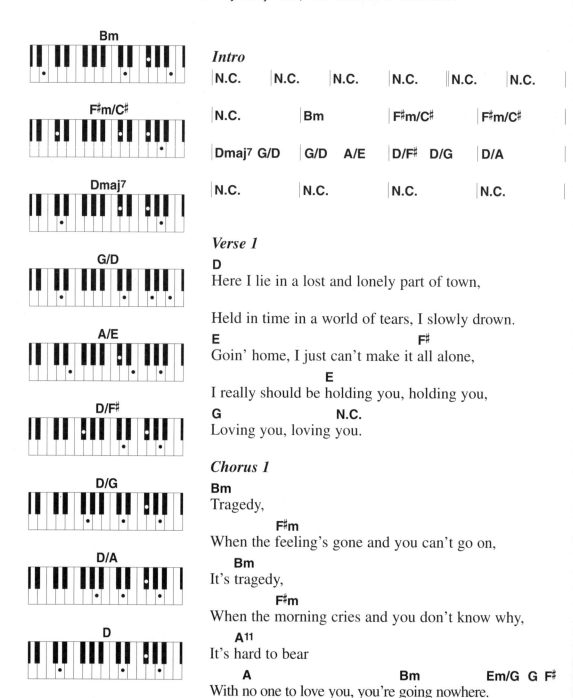

Bm

F#m/C#

Dmaj7

G/D

A/E

D/F#

D/G

D/A

D

Intro

N.C.	N.C.	N.C.	N.C.	N.C.	N.C.	
N.C.	Bm	F#m/C#	F#m/C#	
Dmaj7 G/D	G/D A/E	D/F# D/G	D/A	
N.C.	N.C.	N.C.	N.C.	

Verse 1

D
Here I lie in a lost and lonely part of town,

Held in time in a world of tears, I slowly drown.
E   F#
Goin' home, I just can't make it all alone,
                              E
I really should be holding you, holding you,
G   N.C.
Loving you, loving you.

Chorus 1

Bm
Tragedy,
              F#m
When the feeling's gone and you can't go on,
    Bm
It's tragedy,
              F#m
When the morning cries and you don't know why,
      A11
It's hard to bear
      A   **Bm**   **Em/G G F#**
With no one to love you, you're going nowhere.

Bm
Tragedy,

      F#m
When you lose control and you got no soul,

  Bm
It's tragedy,

      F#m
When the morning cries and you don't know why,

   A¹¹
It's hard to bear,

   A   **Bm**   **Em/G G F#**
With no one beside you, you're going nowhere.

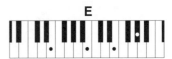

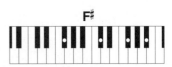

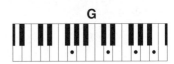

Link 1

| N.C. | N.C. | N.C. | Bm | F#m/C# | F#m/C# |

| Dmaj⁷ G/D | G/D A/E | D/F# D/G | D/A | |

| N.C. | N.C. | N.C. | N.C. | |

Verse 2

D
Night and day, there's a burning down inside of me,

Burning love, with a yearning that won't let me be,
E   **F#**
Down I'd go and I just can't take it all alone,

           E
I really should be holding you, holding you,
G   **N.C.**
Loving you, loving you.

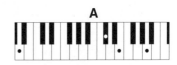

Chorus 2

As Chorus 1

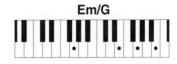

Link 2

| N.C. | N.C. | N.C. | N.C. | |

| N.C. | N.C. | N.C. | N.C. | |

| G⁵ | G⁵ | G⁵ | G⁵ | |

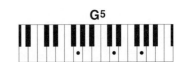

Chorus 3

Bm
Tragedy,

      F♯m
When the feeling's gone and you can't go on,

    Bm
It's tragedy,

      F♯m
When the morning cries and you don't know why,

    A¹¹
It's hard to bear

    A   **Bm**   **Em/G G F♯**
With no one to love you, you're going nowhere.

Bm
Tragedy,

      F♯m
When you lose control and you got no soul,

    Bm
It's tragedy,

      F♯m
When the morning cries and your heart just died,

    A¹¹
It's hard to bear,

    A   **Bm**   **Em/G G F♯**
With no one beside you, you're going nowhere.

Link 3

N.C.	N.C.	N.C.	N.C.	
N.C.	N.C.	N.C.	N.C.	

G⁵
Ah!